Anna-Luise Liebgott

Catty

&

Bobby

Impressum:

© 2015 by Anna-Luise Liebgott

Bilder Buchumschlag und -innenteil: © Anna-Luise Liebgott
Umschlaggestaltung: Angelika Fleckenstein; spotsrock.de

Verlag: tredition GmbH, Hamburg

ISBN: 978-3-7323-3155-0 (Paperback)
         978-3-7323-3156-7 (Hardcover)
         978-3-7323-3157-4 (eBook)

Printed in Germany

Bibliografische Information der Deutschen Nationalbibliothek: Die Deutsche Nationalbibliothek verzeichnet diese Publikation in der Deutschen Nationalbibliografie; detaillierte bibliografische Daten sind im Internet über http://dnb.d-nb.de abrufbar.

Inhaltsverzeichnis

Kleines Vorwort für die Katz 7

CATTY 9

Kleines Vorwort für den Hund 25

BOBBY 27

Über die Autorin 47

Widmung

Ich widme diese beiden Geschichten meinen
Freundinnen in Südafrika,

Christine, die sich liebevoll um meinen Kater gekümmert
hat, wenn wir unterwegs waren,

und

Icky, bei der mein Lebenspartner und ich in den letzten
Jahren so viele schöne Stunden erlebt haben, als kleinen
Trost für den Tod ihrer stolzen Afghanen-Hündin Tatsi.

Kleines Vorwort für die Katz

Wie Sie sehen, lebte ich in einem sehr katzenfreundlichen Land. Man nennt es die Gardenroute, in Südafrika, wo ich geboren wurde. Die Menschen waren sehr freundlich. Wie sie auf dem Bild sehen, stellte man sogar Verkehrszeichen für uns auf. Nicht jeder hielt sich jedoch daran. Dies hatte letztendlich meinem Widersacher, Ginger, das Leben gekostet.

Ich habe nach längerem Herumstreunen ein wunderbares Zuhause gefunden, direkt am Fuße der Berge, gegenüber einem dichten, grünen Wald. Mein Anwesen hatte mehrere Häuser und einen traumhaft schönen Garten mit vielen bunten Blumen, Gräsern, Bäumen, Büschen und einer hohen, weißen Mauer.

Vor allen Dingen bekam ich eine ganz liebe Katzenmami, die auch dieses Buch für mich geschrieben hat. Sie hat es aus meiner Sicht geschrieben und ich glaube, sie konnte sich sehr gut in mich hineinversetzen und meine Gefühle erraten.

Sollten Sie neugierig sein, lesen Sie doch auch das Buch THE GARDENVILLA, das meine Mami über ihr Leben, natürlich auch mit mir, geschrieben hat. Auf der letzten Seite dieses Buches finden Sie die Hinweise dafür.

Miau, miau

Catty

Eine wahre Geschichte von mir erzählt.

Oh, tun mir diese Sonnenstrahlen auf meinem, schon etwas älteren, schwarz-weißen Pelz gut. Meine Nase schmerzt und mein linkes Vorderfüßchen sticht, wenn ich es bewege. Ich sehe eine große Schramme auf meinem Nasenrücken, wenn ich in das ruhige Wasser des Swimmingpools meiner Zieheltern blicke. Sie sind immer ganz reizend zu mir und ich kann mir aussuchen, in welchem Bettchen ich bei ihnen schlafen darf.

Die beiden sitzen auf der Terrasse und trinken mit Besuchern Kaffee.

„Catty, Catty" ruft eine, mir doch irgendwie bekannte, Stimme. Woher kenne ich sie? Es ist schon so lange her, aber ich erinnere mich an meine Jugend und mein Herz beginnt zu klopfen. Wie war das damals?

Ich, der etwas klein geratene Kater, war immer hungrig und auf Nahrungssuche, gejagt von einem monströsen, rötlichen Ungeheuer, dem doppelt so großen Revierkater „Ginger". Ich muss sagen, ich hatte Angst vor ihm und konnte nur durch Schnelligkeit auf die Bäume fliehen, bevor er mich attackierte. Da hatte ich des Öfteren meine Last, von den äußersten Zweigen wieder auf den Boden zu kommen, ohne einen Salto zu schlagen. Es war eine schwere Zeit für mich. Ich suchte immer irgendwo Schutz, und eines Tages jagte mich Ginger in einen wunderbaren Garten mit hoher weißer Mauer. Anscheinend hatten hier auch ganz viele Maulwürfe und Wühlmäuse ihr Zuhause.

Ein richtiges Paradies für mich! Meine Geschicklichkeit beim Fang dieser niedlichen Tierchen war enorm, und eines Tages legte ich meinen Fang unter das, in der Einfahrt stehende, Auto. Ich wusste nicht, dass der Hausherr diese netten Wühler gar nicht so lustig fand. Er kämpfte anscheinend schon längere Zeit mit ihnen. Da kam ich gerade recht. Er bückte sich und zeigte meine Gabe einer Lady. Sie erblickte mich, schaute mich lange an und raste dann ganz schnell ins Haus.

„Was habe ich ihr getan?" dachte ich, aber welche Überraschung, sie kam mit einem Schälchen Milch auf die Wiese und zog sich zurück auf die Terrasse, denn sie merkte, dass ich ein wenig schüchtern war und mich nicht näher traute. Langsam pirschte ich mich heran. Schlürf! Köstlich! Das ist genau das, was ich gesucht habe, So ein schönes Zuhause! „Wie kann ich mich da einschmeicheln?" Ich bin doch so schüchtern! Vorerst begnügte ich mich damit, den Garten mit seinen Büschen, Bäumen, Blumen und Gräsern, die ganz weich waren und mir einen wunderbaren Ruheplatz boten, zu erkunden. „Wie es wohl drinnen aussehen mag?"

Die Türen standen ja immer offen. „Sollte ich's wagen?"
Langsam schlich ich mich in einen Raum mit weißen
Möbeln und wunderbaren gelben Sitzkissen. „Ob sich's da
gut liegt?" Hinter mir kam wohl der Hausherr und
scheuchte mich mit barschen Worten wieder hinaus. Oje,
hier war ich nicht willkommen. Aber es gefiel mir doch so
gut. Erst zog ich mich wieder in den Garten zurück, nicht
sehr weit, denn ich war furchtbar neugierig, ob ich nicht
doch eine Chance bekäme, mich da häuslich einzurichten.
Da kam doch diese nette Lady und stellte mir wieder ein
Schälchen auf die Terrasse. „Soll ich's wagen?" Irgendwie
hatte ich das Gefühl, dass dies meine Katzenmami werden
könnte.

„Nur nicht locker lassen!" sagte ich mir. Sie diskutierte mit
dem Hausherrn, wahrscheinlich über mich. Ich hörte noch

eine tiefe Stimme „Katzen kommen mir nicht ins Haus". „Aber schau, er hat uns doch den Maulwurf als Präsent gebracht und könnte in Zukunft dafür sorgen, dass die Dinger, gegen die Du aussichtslos kämpfst, reduziert werden"". Sie argumentierte gut. Siehe da, ich schlich mich bei nächster Gelegenheit wieder ein. Da lockte mich eine liebe Stimme mit „Catty, Catty" und ich traute mich etwas näher an sie heran. „Oh, Gott, sie will mich ja berühren" ging es mir durch den Kopf und stob wieder etwas zurück. „Soll ich's wirklich wagen?" Da stand diese dunkle Gestalt im Hintergrund und murmelte böse Worte vor sich hin. Aber ihre liebe, beruhigende Stimme ließ mich mutiger werden. Ich blieb erst einmal im ersten Raum mit einer gemauerten Bar, hinter der ich mich schnell verstecken konnte. Da kam das gütige Wesen mit ein paar weichen Kissen und baute mir im hintersten Eckchen auf einem Sessel ein Bettchen. „Oh, wie schön, ich darf hier schlafen!" frohlockte ich. Nun war ich sicher vor Ginger, der mich nächtelang durch die Gegend jagte, bis ich irgendwo ein Versteck fand"

So, hier war ich nun. Jetzt konnte ich auch noch ein paar andere Räume erkunden. Da war die Spülküche, und in der stand ein wunderschöner Keramiknapf mit Köstlichkeiten. „War der für mich?" überlegte ich. Sicher, da war Keiner und ein kleiner Wassernapf stand auch daneben. „Hm, köstlich, fast so gut wie meine Mäuse und Vögelchen!" Nur das Wasser schmeckte mir nicht. Es war so frisch! Das im Vogelbad im Garten schmeckte viel besser.

So vergingen die Tage und ich freundete mich immer mehr mit meiner Mami an. Das Gebrumme vom Hausherrn hörte auch schön langsam auf. Anscheinend tolerierte er mich jetzt.

„Ich muss ihnen doch wieder einmal ein Geschenk machen" dachte ich. Die Türen standen ja immer offen und es war ein Leichtes, was einzufangen. Als es dann abends Schlafenszeit war, die Türen nach draußen und zum Gang hin geschlossen wurden, hatte ich eine kleine, niedliche Ratte eingefangen und wollte sie meiner Mami zeigen, als sie abends durch den Gang in eine, mir verbotene Zone, ins Schlafzimmer ging. Da die Türen innen auch alle Sprossenfenster hatten, machte ich mich durch Herumturnen auf den gelben Kissen bemerkbar. Darüber war Mami anscheinend gar nicht begeistert, aber ich hatte ihr doch die kleine Ratte auf der Lehne des Stuhles zu Recht gesetzt und versuchte, sie nicht ausreißen zu lassen. Mami schimpfte durch das Fenster mit mir, öffnete aber nicht die Tür. Sie sah mir lange zu, wie ich immer wieder ganz zart meine Pfote auf das kleine Wesen legte. Irgendwann verschwand sie und kam erst am nächsten Morgen wieder. Ich, müde vom Bewachen und aufgeregt, als sie die Tür öffnete, schlich mit Miauen um ihre Beine, um sie zum großen Blumentopf zu dirigieren, wo ich mein Präsent abgelegt hatte. Ich verstand nicht, dass Mami mich schimpfte. Ich wollte es ihr doch lebend überreichen. Aber sie nahm es mit einem Taschentuch weg und verschwand damit. „Ob es immer noch vor Angst gezittert hat?" fragte ich mich.

Es wurde Frühling und als ich eines Tages einen größeren Ausflug machte, stellte ich fest, dass Ginger mich nicht mehr die Gartenmauer und Bäume senkrecht hinauf jagte. Ich war ja ganz schnell, aber Mami musste mich wirklich manchmal vom Baum holen, weil ich jämmerlich weinte. "Was war los?" Weit und breit kein Ginger zu sehen. Ich hörte wie sich die Erwachsenen unterhielten, dass der arme Ginger von einem Auto überfahren wurde und jetzt im Katzenhimmel war. „Hurra, jetzt kann ich nachts raus und jagen!" war mein erster Gedanke und ich setzte ihn ab diesem Zeitpunkt jede Nacht um. Schon waren die kleinen Täubchen, die ihre ersten Flugversuche machten, nicht mehr sicher. Ihre Federn und noch andere Geschenke legte ich dann meinen Eltern jeden Morgen vor die Haustüre.

Inzwischen konnte ich noch einige andere Räume erkunden, auch wenn ich manchmal durch die offenen Fenster schlüpfen musste. Mami war nicht begeistert darüber, aber irgendwann gewöhnte sie sich daran. Auch den Herrn des Hauses habe ich auf meine Seite gebracht. Selbst wenn die Beiden viele Gäste hatten, war ich nicht mehr zu vertreiben und legte mich strategisch inmitten auf eine Kreuzung zwischen Küche, Lounge, Gang und Frühstückszimmer, wo alle an mir vorbei mussten. Ich war glücklich und alle28s drehte sich um mich. Eines Tages kniete sich „Papa" vor mich auf den Teppich. Ich war ganz schlaftrunken, spürte aber, dass er mich leicht streichelte. Ich hatte ihn gezähmt!

Streicheleinheiten bekam ich auch viele von ihren Gästen, zu denen ich ab und zu ins Zimmer huschte. Dies versuchte mir meine Mami abzugewöhnen, und ich erinnere mich dabei an ein ziemlich schmerzhaftes Erlebnis. Ich hatte mir bei einem nächtlichen Kampf mit einem Widersacher eine ziemlich große Verletzung an meinem linken Beinchen zugezogen und zeigte dies auch meiner Mami. Sie trug mich zum Fressnapf. Nur einmal erwischte sie mich, dass ich ohne zu Humpeln weglaufen konnte!

Ich war ja nicht sehr folgsam und als sie im Haupthaus auf der Terrasse saß, ertappte sie mich dabei, dass ich mich ins Wohnzimmer der Gäste einschleichen wollte. Sie sauste hinter mir her. Ich hinein, hoch über die Treppe und rein ins Schlafzimmer unter die Betten. Aber leider erwischte sie mich am Kragen, schleppte mich die Treppe hinunter und schmiss mich schimpfend in hohem Bogen auf die Wiese. Autsch, das tat weh und es prägte sich in meinem Hirn ein. Nichts desto trotz, als wieder einmal die Terrassentür vom Gästehaus offen stand, erlag ich der Versuchung, guckte mich aber schuldbewusst zu Mami auf der anderen Seite der Wiese um. „Oje, jetzt aber nix wie zurück zu ihr und ganz brave Miene aufsetzen" war mein erster Gedanke. In der Eile überschlug ich mich mehrmals auf der Wiese bis ich bei ihr war. „Warum lachte sie so?"

Diese Wiese war riesig groß. Im Sommer kamen gleich 3 Gardenboys mit ihren knatternden Maschinen. Sie machten einen Höllenlärm und ich hatte fürchterliche Angst, sodass ich mich im Haus unter den Sofas verkroch. Aber irgendwann hat mich meine Mami gesucht und mich auf ihren Schoß genommen, mit einem Arm fest zu sich gedrückt und mit einer Hand die Ohren zugehalten. Mit der anderen musste sie nämlich den Computer bedienen. War ich froh, bei ihr zu sein!

Mami brachte mir manchmal phantastisches Krebsfleisch vom Einkaufen mit. Ich stürzte mich jedes Mal darauf, als hätte ich monatelang nichts zu essen gehabt. Aber anscheinend hatte dieses Mahl eine bestimmte Eigenschaft. Ich musste die nächsten zwei Tage ununterbrochen hinter die Büsche. „Hat sie mir etwa Entwurmungstabletten beigemischt?"

Mami und ich hatten ein Ritual. Jeden Nachmittag so gegen fünf Uhr machten wir eine große Runde durch den Garten. War das ein Spaß! Ich sauste voraus, hinter die Büsche, und sprang hervor auf einen Baumstumpf, wenn sie auf gleicher Höhe war. Sie streichelte mich heftig und ich zerkratzte ihr die Arme vor lauter Übermut.

„Warum war sie irgendwann absolut nicht mehr zu unseren Rundgängen zu bewegen? Was war passiert?"

Es muss zu dem Zeitpunkt gewesen sein, als ich mit Papa allein zuhause war. Mami flog wieder einmal nach Europa zu ihrer Mami. Ich war unterwegs zum Jagen. Da schlichen dunkle Gestalten um das Haus. „Was war das?" Ich erschrak fürchterlich als die Sirene im Haus losheulte und überall Licht brannte. Gleich danach kamen viele Menschen, Autos und eine schreckliche Stimmung verbreitete sich in der Umgebung. Ich hörte wie die Menschen jammerten, hin und her rannten und Papa aus dem Haus trugen.

Oh, Gott, was war los? Es dauerte mehr als einen ganzen Tag bis Mami wieder da war, aber sie war apathisch und nicht ansprechbar. Ich schlich um ihre Beine herum. Sie streckte manchmal ihre Hand nach mir aus, grub sie in mein Fell und ich sah, dass sie weinte. So ging es Tage, aber der Trubel wurde weniger.

Hurra, ich durfte jetzt auch mit Mami ins Bett. Dieser Bereich war für mich immer verboten, und ich habe einmal zähnefletschend gemeckert als sie mich vom Gang im Schlafzimmerbereich hinausscheuchte. Jetzt durfte ich neben ihr auf dem Kissen liegen und sie ließ sogar für mich das Fenster offen, sodass ich so gegen 2.00h morgens auf meine Jagdausflüge konnte.

Die nächsten Wochen kam wieder viel Besuch. Es war anscheinend Hochsaison. Aber jetzt konnte ich meiner Neugierde nachgehen und alles entdecken. Keiner hielt mich zurück. Trotzdem waren Mami und ich ein Herz und eine Seele. Nur musste sie immer weinen, wenn sie sich an mich schmiegte. „Auch wenn Papa nicht mehr da war, ich war doch bei ihr!" dachte ich. Aber anscheinend verursachte ich ihr auch rote Augen. „Arme Mami, kitzelt Dich mein Fell?" Aber sie ließ nicht ab von ihren Umarmungen.

Die Zeit verging so schnell und Mami fing traurig an zu räumen. „Was hatte sie vor?" Des Öfteren kam ihre blonde Nachbarin, Dee, zu der ich auch manchmal in einem Schwung über die Mauer sauste, um ein Leckerli abzustauben. Sie tuschelten und Mami guckte mich manchmal ganz mitleidig an. Eines Tages, ich hatte eine kleine Wunde am linken Ohr, packten sie mich ins Auto und brachten mich zum Doktor. Der versorgte meine Wunde und versetzte mich in Schrecken. Er nahm mir meine Männlichkeit, damit ich nicht mehr nachts so umtriebig sein würde. Nach der Nacht bei ihm im Käfig, holte mich Mami am Morgen ab. Als ich ihre Stimme hörte, klagte ich jämmerlich. Die Leute im Wartezimmer lachten und Mami weinte. Anscheinend tat ich ihr wirklich leid. Es mussten Veränderungen bevorstehen, sonst hätte sie dies nicht gemacht.

In den nächsten Tagen kamen einige Menschen und packten all die schönen Dinge vom Haus in große Kisten und ein riesiger Laster fuhr vor, in den sie alles verstauten.

Als ich mit Mami ins Bett ging, weinte sie ganz fürchterlich, „Was hatte das zu bedeuten?" Am Nachmittag schon, hatte sie mir mit Tränen in den Augen auf der Terrasse hinter dem Haus ein wunderschönes neues Holzhäuschen und einen Korb mit ihren Kissen aus dem Schlafzimmer gezeigt. Neben dran standen meine beiden Näpfe. „Sollte ich ausquartiert werden?"

Jetzt schmiegte sie sich ganz an mich. „Ob ich heute Nacht auf Jagd gehen soll?" überlegte ich. Aber sie ließ mir das Fenster offen, wie immer. Als ich am Morgen zu ihr kam, rannen die Tränen noch immer. Es klingelte und ihre engsten Freunde kamen. Mami nahm mich ganz fest in den Arm, streichelte mich, küsste mich noch einmal ins Fell und schubste mich in den Garten. Daraufhin verschwand sie im Auto ihrer Freunde.

Ich streunte stundenlang durch den Garten, ruhte mich auf meinem Lieblingsplatz, einem Büschel Ziergras unter den Blumenstauden im Beet Nr. 20, aus. Mamis Nachbarin, Dee, kam durch das hintere Tor und füllte mir den

Fressnapf. Ich hatte das Gefühl, sie würde sich bald um mich kümmern. Also folgte ich ihr ganz einfach und eroberte ihre Küche und nicht zuletzt ihre Couch im Wohnzimmer. In ihr Schlafzimmer durfte ich erst viel später, als sie krank war. Einmal lag ich neben ihr, und es ging ihr gar nicht gut. Da klingelte das Telefon, und ich hörte Mamis Stimme. Dee hielt mir den Hörer ans Ohr. Mami schluchzte und sagte „Katerchen sei ganz lieb zu ihr!" Ich drückte mich ganz zärtlich an meine Ersatzmami, aber es half nichts. Irgendwann die nächste Zeit nahm man mich vom Bett und von da an war sie nicht mehr da.

Von nun an kümmerte sich ein einsamer alter Herr und dessen Freunde neben dran um mich. Ich konnte mir aussuchen, wo ich fressen und schlafen wollte. Manchmal besuchte ich meinen geliebten alten Garten hinter der Mauer und die niedlichen jungen Täubchen. Es gelang mir inzwischen nicht mehr, ihrer habhaft zu werden. Sie waren schneller als ich. Natürlich bin ich im Laufe der Jahre wesentlich bequemer geworden und das gute Futter von den lieben Menschen setzte sich auf meine Rippen.

So sitze ich jetzt auf meine alten Tage in der Sonne, pflege meine alten Schrammen und freue mich, dass so gut für mich gesorgt ist. Wenn ich da an die Zeit denke, als ich mich noch selbst versorgen musste „Schrecklich!"

„Catty, Catty" höre ich noch einmal, und die Stimme riss mich aus meinen Träumen. Es kann nicht wahr sein. Da sitzt ja meine alte Mami. Etwas wackelig und zögernd laufe ich auf sie zu. Sie war es wirklich. Ich legte mich vor ihr auf den Rücken und ließ sie meinen Bauch graulen. Tat das gut!

Sie hat mir auch wieder mein Lieblings-Krebsfleisch mitgebracht. Leider gab sie es Joan, meiner jetzigen Ersatzmami. „Sicher tut die auch wieder Entwurmungstabletten dazu!" ahnte ich.

Wieder vergingen ein paar Jährchen und ich überlegte: „Ob ich Mami noch einmal bei ihren nächsten Besuchen sehen werde?" Es kam anders. 3 Jahre später traf Mami Joan und Huisie, meine Zieheltern, in einer Pizzeria auf dem Quteniqua-Pass, zwischen dem Kleinen Karoo und der Gardenroute, in Südafrika, wo ich zuhause war. Da erfuhr sie, dass ich schon im Katzenhimmel war.

Anna-Luise Liebgott
Januar 2015

Kleines Vorwort für den Hund

Frauchen hat diese Hundestory über mich geschrieben. Anscheinend wird sie jetzt alt und erinnert sich an ganz viele Erlebnisse aus ihrer Jugend.

Das Leben mit ihr war ziemlich kurz und aufregend. Aber sie hat immer gut für mich gesorgt, auch wenn sie wenig Zeit hatte, denn sie musste viel arbeiten. Manchmal habe ich es ihr auch nicht leicht gemacht.

Mein erstes Zuhause war in Frankfurt am Main, direkt an den Gärten von Oberrad, was mir beim Gassi Gehen viel Freude machte. Leider konnte ich nie alleine raus, da wir im 2. Stock wohnten.

Nachdem ich mich aber schon daran gewöhnt hatte, brachte mich mein Frauchen nach Österreich zu ganz lieben Hundeeltern in eine wunderschöne Gegend, wo ich mich frei bewegen und entfalten konnte. Dafür bin ich ihr heute noch dankbar. Ich hatte ein herrliches Hundeleben und wurde 16 Jahre alt

Wau, wau!

BOBBY

Eine wahre Geschichte von mir erzählt.

Ich, Bobby vom Mühlbogenthal, war von „adliger" Geburt und gehörte der Rasse der Pudel an. Zwar war ich aus dem zweiten Wurf meiner Zuchtmutter, wie man so sagt, denn mein Name fängt mit einem „B" an, war aber von Anfang an ein aufgewecktes Kerlchen.

In meinen frühen Tagen meines Daseins musste ich mir die Zitzen meiner „Erzeugerin" mit einer ganzen Schar von Geschwistern teilen. Das war ein Gewühle, Geschiebe und ein Kampf bis ich mich mit meinem Mordshunger

durchgekämpft hatte, um den süßen Strahl der Mutter-
milch einsaugen zu können. Wie wohl das tat. Mein Magen
knurrte nicht mehr und ich fiel die nächste Minute in einen
tiefen, erholsamen Schlaf. So ein Kampf kostete Kraft, aber
ich konnte mich ganz gut durchsetzen. Das ging so einige
Wochen und ich merkte schön langsam, dass ich anfing zu
wachsen. Ich sollte nämlich eines Tages ein mittelgroßer
Pudel werden, was immer das auch ist. Hauptsache ich
war ein Hund! Mein schwarzes Fell begann zu glänzen und
ich fing an, mein Umfeld zu erkunden.

Eines Tages kam das menschliche Wesen, das uns auch
sonst betreute, und packte uns alle in einen kleinen
tragbaren Käfig. Ab zum Tierarzt. War das schrecklich. Der
Mann in Weiß guckte mir in den Rachen, inspizierte meine
Zähne und jagte mir eine riesig große Spritze in den Po.
Autsch, das tat weh! Nachdem alle diese Prozedur hinter
sich gebracht hatten, ging's zurück zu unserer Züchterin.

Es dauerte nicht lange, kamen wieder ein paar Menschen
und steckten uns, diesmal aber jeden separat, in eine
Hundebox. Ab ging's in ein dunkles Auto und mit Geholper
und Gepolter brachte man mich zu einem großen Haus mit
einer quietschenden Klingel an der Tür. In einem hell
erleuchteten Raum zog mich ein ziemlich alter, grau-
haariger Mann aus meinem Käfig, inspizierte mich und
packte mich zusammen mit einigen anderen, nicht so
schönen Rassen, in einen Laufstall. Da war immer ein
Kommen und Gehen von Leuten, die uns betrachteten und
ab und zu einen von uns herauspiekten. Es waren auch
noch ganz viele andere Tiere in dem Laden, wunderschöne
gelb-grüne Wellensittiche, ein etwas frecher, aber schön
bunter Papagei, der immer einen Riesenkrach veran-
staltete, wenn er seinen Schnabel aufriss. In einem kleinen

Käfig war ein niedliches Tierchen, das ununterbrochen in einem Rad lief und nicht vorwärts kam. In komischen Glaskästen kringelten sich so lange, glitschig aussehende Nudeln und neben dran quietschten verschreckt die Mäuse. Wie sollte man sich da wohl fühlen? Was unser Fressen anbelangte, waren wir gut versorgt, aber traurig war das Hundeleben da doch.

Eines Tages kam ein großer, gut aussehender Mann zur Tür herein. Er schritt schnurstracks auf unser Gitter zu und beugte sich herab. Ich erhaschte gleich einen tiefen Blick von ihm und er nahm mich auf den Arm. Jetzt musste ich mein Bestes geben, denn er war mir sehr sympathisch.

Nach ein paar Minuten kaufte er noch ein Körbchen, einen Sack mit Futter, Hundebürste, so eine lange Schnur, die man Leine nennt, und ein wunderschönes Halsband, das er mir, oh Schreck, gleich umlegte. Er erstand dann auch noch zwei Näpfe, einen weißen für Futter und einen rosaroten für das Wasser. „Hat das zu bedeuten, dass ich mit ihm mit darf?" fragte ich mich. Tatsächlich! Er legte einige Scheinchen auf die große Theke, bekam noch Anweisungen von dem alten Mann und einen Zettel in die Hand gedrückt, was wohl mein Stammbaum war.

Schon waren wir draußen an der frischen Luft! Die tat mir gut nach dem Gestank in dem Laden. Mein neuer menschlicher Freund drückte mich an sich und lief eine laute Straße entlang, auf dem so komische, schnelle Ungeheuer vorbeihuschten und fürchterlichen Krach machten. Vor der Tür zu einem kleinen Büro stoppte er. Am Schreibtisch saß eine Dame, die sich in der großen Spiegelwand betrachtete. Mein neuer Freund setzte mich auf den Boden und unterhielt sich mit der Dame. Sie lachte und schüttelte den Kopf.

In der Zwischenzeit erkundete ich die Ecken und erschrak ziemlich, als ich mein Gegenüber sah. War ich das? Leise fing ich an, ein paar klägliche Töne von mir zu geben. Es war mehr ein Krächzen als ein Bellen. Ich wollte wirklich keine Konkurrenz. „Der liebe Herr gehört mir alleine" moserte ich. Die Dame streichelte mich und redete mir gut zu, aber mein Befreier verließ den Raum. Leichte Panik ergriff mich. Da stürmte eine andere Dame zur Tür herein und sah mich. Sie schlug die Hände über ihren Kopf zusammen und schrie „Das kann nicht wahr sein. Ist der verrückt geworden?" Ich hatte keine Ahnung, was sie damit meinte. Sie nahm mich auf den Arm und rümpfte ihre Nase. „Pfui, stinkt der!" meinte sie. Anscheinend war sie leicht verzweifelt, als sie mich sah. Ich fand sie zwar sympathisch, aber wusste nicht, wie ich mich benehmen sollte. Vor lauter Aufregung musste ich auch mein Bläschen entleeren und auf dem Boden bildete sich eine Pfütze. Sie rannte sofort weg und kam mit einem Lappen wieder, um mein Malheur zu beseitigen. Mit ausgestreckten Armen hielt sie mich fest. Gott sei Dank, kam jetzt der nette, hübsche Herr wieder und redete beruhigend auf sie ein. Dann verließen sie mit mir das Büro.

Nach einem kleinen Weg zu Fuß, auf dem sie versuchte, mich an die Schnur zu binden und mich hinter sich herzuziehen, hob sie mich hoch und Beide stiegen in so ein großes Ungeheuer, das die Menschen Auto nennen. Sie breitete an ihren Füßen eine Decke für mich aus und streichelte mich beruhigend. Oh, waren da schöne, weiße Plüschsitze, auf denen ich gern herumgeturnt wäre. Aber man ließ mich nicht!

Nach einer rasanten Fahrt, auf der mir beinah schlecht geworden wäre, stoppte mein Befreier das Auto und die Dame trug mich hoch über eine Treppe in eine wunderschöne Wohnung. Da wurden dann die Utensilien ausgepackt und gleich meine beiden Näpfe gefüllt. Hm, das war nicht schlecht. Neben dran stand ein flacher Korb mit einem herrlich weichen Kissen. „Ist das meiner?" überlegte ich und machte es mir gleich bequem. Aber ich konnte einfach nicht still halten. Ich musste mein neues Reich erkunden. Überall war schöner, weicher Teppichboden, nur nicht in der Küche, wo meine Näpfe standen. Da war jedoch einer in einer anderen Farbe und an dieser Tür pfiff mich Frauchen („so werde ich sie in Zukunft nennen" dachte ich mir) sofort zurück. Am Abend merkte ich, dass die Beiden dann auf diesem Boden hinter der Tür verschwanden. „Na ja, ein Geheimnis müssen sie ja auch haben" und unterließ meine Versuche, Ihnen zu folgen.

Nachdem mich Frauchen noch einmal ins Freie brachte, damit ich mein Bächlein machen konnte, legte sie mich in mein Körbchen und telefonierte lange mit ihrer Freundin. Anscheinend jammerte sie, dass ich so stinke und bekam bestimmt gute Ratschläge dagegen. Langsam schlief ich ein mit dem Gedanken, dass es doch ein sehr schöner, aber ereignisreicher Tag war.

Am frühen Morgen drückte ich meine Schnauze an das Fenster in der Tür der Küche und meldete mich leise. Schon kamen die Beiden und schlüpften in ihre Kleider. Jetzt ging's mit Frauchen ab ins Feld. Ich genoss meine Freiheit, schnupperte und lief ohne auf ihr Rufen zu hören, so schnell wie meine, noch kurzen Beinchen mich tragen konnten. Irgendwann erwischte sie mich und band mich wieder an die Leine. Mit Füßchen nach vorne widersetzte ich mich bis mein Hals immer länger wurde. Na ja, langsam fügte ich mich und trabte hinter ihr her. Sie ließ mir aber genug Zeit, an jeder Ecke und jedem Busch zu schnuppern. Das roch nach ziemlicher Konkurrenz! Zurückgekehrt in den 2. Stock, bekam ich dann herrliches Leckerli und löschte meinen Durst im rosaroten Napf.

Frauchen musste wahrscheinlich zur Arbeit und so wurde hinter mir wieder die Tür zugezogen und ich war ganz lange allein. Horch! Da rasselte etwas in der Tür. Frauchen kam wieder und begrüßte mich, ein wenig distanziert, denn ich verlor schon Tröpfchen. Dann ging's wieder ab ins Freie. War das eine Erleichterung. Ich hatte so lange eingehalten.

Nachdem sie sich umgezogen hatte, packte sie mich zwischen ihre Knie, bestäubte mich mit so wohlriechendem Kram und bürstete mich ganz kräftig. Es tat nicht weh! Im Gegenteil, ich streckte ihr meine Schnauze entgegen und sie liebkoste mich, das erste Mal!

Herrchen kam eigentlich sehr spät nach Hause Aber nach einiger Diskussion zwischen ihm und meinem Frauchen, legte er mir am nächsten Morgen die Leine an und nahm mich mit in sein Auto. Seine Hände waren sehr mit einem Rad beschäftigt, das er immer drehen musste und seine ganze Aufmerksamkeit galt den anderen Ungeheuern auf der Straße. Er legte mich zwar am Anfang ganz lieb auf eine Decke neben sich, aber jetzt erwachte in mir der Tatendrang. Schließlich war ich ja ein kleiner, junger, neugieriger, schwarzer Wollknäuel. Ich sprang über die Lehne auf die Rücksitze, von da auf den Boden, kroch unter die Sitze, von da wieder auf die Lehne meines Herrchens. War dieser Plüsch herrlich weich unter meinen Pfoten. Er war n i c h t begeistert! Na, ja, wieder zuhause angekommen, packte er mich am „Schlafittchen" und trug mich hoch zu Frauchen in die Küche.

Da fing dann eine ziemliche Auseinandersetzung an. Frauchen meinte, sie könnte ihren Beruf wegen mir nicht aufgeben und Herrchen, der sich das wohl einfacher mit mir vorgestellt hatte, meinte, er könne mich auch nicht tagsüber gebrauchen, wenn seine Interessenten für diese großen Verkehrsungeheuer kamen. Ich würde stören! Hören Sie sich das an, wo er mich doch von meinem Ladendasein befreit hatte. Er meinte dann, er würde eine Lösung finden.
Zufällig kam am nächsten Tag ein Kunde mit seiner schrillen, angemalten Freundin. Mein Frauchen war zur Arbeit. Dieser Mann kaufte doch tatsächlich so ein scheußliches Vehikel und mein Herrchen packte meine Sachen und schenkte mich dieser schrecklichen Lady, die mich anscheinend ganz niedlich fand.

An meinen kurzen Aufenthalt in diesem Zuhause kann ich mich nicht mehr gut erinnern. Nur, dass mich nach einem Tag die Lady in ein Körbchen packte und mich in einen sogenannten Hundesalon brachte, was ich durch meine Leidensgenossen erfuhr. Hier ging's dann Ritsch/Ratsch und eine Schere wühlte sich durch meine, ach so zarten, noch nicht gekringelten, ganz glatten Haare. Ich wehrte mich und man musste mich ganz fest halten. Scheußlich, was fror ich danach! Aber die Lady kaufte mir im Salon auch noch ein silbernes Mäntelchen und zog es mir über. Es war für mich wie eine Zwangsjacke. Und ach, wie sah ich jetzt unmännlich aus! Pfui Teufel!

Aber siehe da, nachdem wir nachhause kamen, erschien mein Herrchen und Befreier, verhandelte mit den Leuten und nahm mich wieder mit zu meinem Frauchen. Sie musste mich wohl vermisst haben und war glücklich, mich wieder zu sehen, ich auch! Sie hatte Tränen in den Augen und drückte mich ganz fest an sich. Ich bekam nur Leckerlis und als ich Durst hatte, legte ich meinen leeren rosaroten Napf direkt vor ihre Füße. Sie war ganz entzückt darüber.

Schön langsam entwickelte ich mich. Ich wurde etwas größer und meine Haare fingen an, sich zu kringeln, speziell nach dem Baden, was ich liebte. Im Badezimmer versuchte ich immer, in die Wanne zu springen, aber leider kam keine Dusche. Da musste ich auf Frauchen warten. Nur beim anschließenden Föhnen büxte ich ihr immer aus. Ich konnte diesen heißen Wind und den Krach absolut nicht vertragen. Frauchen quälte mich nicht sehr oft mit dem Haare Schneiden. Manchmal konnte ich gar nicht mehr aus den Augen sehen. Dann entfernte sie die langen Zotteln rundherum mit einer kleinen Schere und es passte wieder.

Am nächsten Tag, als sie von der Arbeit nach Hause kam, bekam ich zum Spielen ein rosafarbenes, kleines Gummischweinchen und ein paar herrliche Büffelhautknochen, die ich innerhalb kürzester Zeit zerlegt und verschlungen hatte. Das Schweinchen quietschte fürchterlich, wenn ich es ins Maul nahm. Es war nervig für Frauchen. Also zerlegte sie es und entfernte den Pfeifmechanismus. Trotzdem liebte ich es. Frauchen spielte oft mit mir Verstecken. Erst nahm sie es, versteckte es und sagte „such's Püppi", zuerst nur im Wohnzimmer, aber das war zu leicht für mich. Ich hatte es sofort entdeckt. Dann wurde es schwieriger, aber ich war ja clever. Innerhalb von ein paar Minuten brachte ich es ihr zurück.

So vergingen die Tage. Manchmal schimpfte Frauchen mich, weil ich immer etwas anstellte. Besonders Schuhe musste sie vor mir verbergen. Ich hatte verdammt kräftige Zähne, dank der Kalziumtabletten, die ich immer ins Futter gemischt bekam. Einmal, als sie gerade mit mir ins Freie wollte, kam ein Anruf. Frauchen hatte ihre Schuhe schon herausgestellt, aber noch nicht angezogen. Sie telefonierte und telefonierte. Ich nicht feige, zog ihre Schuhe in die Küche, wo sie mich nicht sehen konnte und kaute an den Riemchen bis sie durch waren. Glaubt Ihr, dass ihr das gefiel? Ein Donnerwetter brach los, aber es war leider zu spät.

Einmal kam nachmittags eine ältere Dame. Frauchen hatte Kuchen gebacken. Der duftete in der Küche, dass mir ganz schwindlig wurde. Normalerweise hielt ich mich immer in ihrer Nähe auf, aber diesmal konnte ich nicht widerstehen. Ich war ja ein Pudel und hatte eine enorme Sprungkraft. Also, ganz flink, sprang ich auf die Anrichte und steckte meine Schnauze in den, zum Abkühlen hingestellten, Kuchen. Frauchen hatte so eine Ahnung, denn meistens, wenn ich nicht bei ihr war, hatte ich etwas angestellt. Sie erwischte mich, aber ihr Gast bekam trotzdem einschönes Stück davon ab.

Irgendwann konnte Frauchen nicht mehr aus dem Bett. Sie hatte anscheinend einen Hexenschuss. Ich blieb folgsam bei offener Tür vor dem anders farbigen Teppichboden sitzen. Dann rief sie mich. Hocherfreut sprang ich auf ihr Bett und machte es mir auf ihrem Bauch bequem. Von dem Augenblick an gelang es ihr nicht mehr, mich nachts in der Küche einzusperren. Ich hätte das ganze Haus zusammengebellt. Meine Stimme war inzwischen ziemlich kräftig. So schliefen wir in Zukunft zusammen. Ich turnte auf der Decke herum und gab erst Ruhe, wenn ich meine Schnauze in ihre Armbeuge legen durfte (sie lag meistens auf dem Bauch) oder sie eine meiner Pfoten festhielt. Meistens war Herrchen beim Einschlafen eh nicht zuhause und so hatte sie wenigstens Gesellschaft.

Ich liebte es auch, wenn sie auf der Couch lag und Fernsehen guckte. Mit einem Satz sprang ich über den Couchtisch auf ihrem Bauch, zog ihr zuerst die Socken aus, legte mich dann flach hin und knabberte ihre langen Haare an.

Manchmal, wenn Besuch da war und sie so schöne Häppchen auf einem Spieß reichte, klaute ich diese ganz schnell aus der Luft, bevor der Gast danach greifen konnte. Aber eigentlich war ich nicht verwöhnt. Ich war auch mit einem Stück Brot vom Tisch zufrieden. Hauptsache man beachtete mich, wenn ich mich im Restaurant lautstark unter dem Tisch hervor meldete.

Eines Tages packten sie wieder einmal meine Sachen ein, aber diesmal kam auch Frauchen mit. Ich durfte auf dem Rücksitz eines tollen, bequemen Autos Platz nehmen. Unterwegs hielten wir einige Male zum Gassi Gehen. Jetzt war ich schon fast erwachsen und ich konnte auch die lange Fahrt ganz gut vertragen, vor allen Dingen auch, weil ich des Öfteren auf dem Schoß meines Frauchens herumturnen durfte bis ich mich wieder beruhigt hatte. Sie sagte immer zu mir „Bobbelwobbel – Hühnerhund".

Dabei hatte ich noch nie in meinem kurzen Hundeleben so ein Tier gesehen. Dies sollte sich auf dieser Fahrt ändern!

Wir kamen in Österreich auf dem Land, am Rande der Berge, in einem wunderschönen kleinen Garten an. Es war wohl das alte Zuhause meines Frauchens. Der Garten hatte einen, durch Beerenstauden verdeckten Zaun hin zur Straße, auf der jedoch kaum Verkehr war. Das Gartentor hatte genügend Freiraum zum Boden. Ich schlüpfte durch und begann, die Umgebung zu erkunden. Nicht allzu weit entfernt, fand ich wieder einen etwas löchrigen Zaun, wo ich mich hindurch zwängte. Plötzlich fing ein fürchterliches Geschrei und Gegacker an, was mich natürlich dazu verleitete, hinter diesen Geschöpfen her zu jagen. Waren das Hühner? War das lustig, aber ich hörte von Ferne das Rufen „Bobby, Bobby" und wusste, jetzt geht's mir an den Kragen. Mein Frauchen kam böse den Zaun entlang und rief mich mit Vehemenz zurück. Ich dachte, es wäre besser zu gehorchen. Aber immerhin lernte ich Hühner kennen, wenn man mir schon diesen Spitznamen gab!

Es war ein Sonntag-Vormittag, der Himmel blau, die Sonne lachte, das Lüftchen war lau und Herrchen, Frauchen und ihr Papa saßen im Garten unter einem blühenden Apfelbaum. Frauchens Mama war in der Küche am Kochen. Natürlich war ich bei ihr. Es roch so fantastisch und auf dem Küchentisch lag ein ganz großes Stück Fleisch. Ich konnte nicht widerstehen. Als sie sich mal kurz wegdrehte, sprang ich auf den Stuhl, packte mit meinen Zähnen dieses riesige Stück und sauste mit wehenden Ohren durch die offenen Türen den Treppenabgang zum Garten hinab. Hinter mir, ein spitzer Schrei und die alte Mami von Frauchen. Jetzt sprangen natürlich auch die anderen Drei auf und jagten mich zwischen den Beeten auf den Kieswegen, bis sie mich eingekreist hatten und mir, o weh, das schöne Stück Fleisch wieder abnahmen. Beim Mittagessen bekam ich dann ein paar Brocken ab. Sie haben nämlich trotzdem Schnitzel daraus gemacht!

Herrchen kam sehr oft spät nachhause. Eines Tages hörte ich einen größeren Disput. Anscheinend wollte Frauchen mit ihm wegfahren, aber er meinte, im Porsche seines Freundes hätten nur zwei Personen Platz. „OK, sagte sie „dann lass mir bitte ein anderes Auto da". Ich hörte wie er antwortete „das einzige, noch zugelassene, kannst Du nicht fahren". „Egal, stell es mir vor die Tür".

Daraufhin verließ er die Wohnung und Frauchen begann, sich ganz schick zu machen. Sie hatte silberne Streifen in ihrem Haar, einen silbernen Hosenanzug und silberne Schuhe an. Dann packte sie mich schwarzes Bündel unter ihren Arm und wir düsten in einem riesigen Schlitten, einem silbernen Pontiac, los. Beim ersten Bremsversuch, noch in unserer Straße, flog ich mit Frauchen fast durch die Windschutzscheibe. Aber wir bekamen das hin und fuhren mit fürchterlicher Angst vor den Straßenbahnen in eine kleine Gasse in einem Frankfurter Stadtteil zu einer Party bei einem Freund. Hier war der Teufel los. Nach einiger Zeit in diesem Trubel mit viel Alkohol, Musik und Geschrei, was für mich nach anfänglichen Liebkosungen nur mehr eine Qual war, durfte ich zurück in das bequeme, ruhige Auto. Nach langer Zeit kam sie mit noch sechs anderen, übel riechenden Menschen, die mich gleich auf ihren Schoß nahmen, und sie fuhren zu einer kleinen Bar in der Innenstadt. Ich weiß nicht mehr, wie ich nachhause kam und sicher mein Frauchen auch nicht.

Irgendwann im Sommer bekam Frauchen wohl von meinem Befreier ein Auto geschenkt, einen Jeep, so ein unbequemes, von der Bundeswehr ausrangiertes, Vehikel. Wenn wir Beide unterwegs waren, flogen meine Ohren und ich musste mich ganz fest in den Sitz drücken, um nicht hinausgeschleudert zu werden. Leider passierte es dann doch. In der Stadt, auf einer großen Straße, nahm sie eine Kurve zu schnell. Das Ding hüpfte hinten mindestens einen Meter in der Luft. Ich an der Leine, gerade so, dass ich mich nicht strangulierte, landete auf dem harten Asphalt. So schnell, wie sie stoppte, konnte kaum ein Passant gucken. Sie hüpfte auf meiner Seite heraus und nahm mich in ihre Arme. Ich war zwar ein wenig verschreckt, aber sie liebkoste und verwöhnte mich den ganzen Tag. An sich waren die Fahrten mit ihr in diesem Vehikel lustig. Immer, wenn sie bei rotem Licht stoppte, kamen irgendwelche komische Typen und wollten unbedingt mitfahren, was sie aber immer ablehnte. Ich war ihr anscheinend genug!

Ich liebte es, mit Frauchen durch die Felder zu laufen und oft fand ich schöne, alte Knochen, worüber sie gar nicht begeistert war. Ich trug sie im Maul bis zu unserem Haus. Hergeben wollte ich sie absolut nicht, auch dann nicht, wenn sie versuchte, mir das Ding aus den Zähnen zu reißen. Dabei war ich einmal ziemlich unvorsichtig und biss Frauchen in die Hand. Sie war wütend und versohlte mir den Hintern. Daraufhin war wieder ich beleidigt und guckte sie einige Tage nicht an, was mir ziemlich schwer fiel, da sie mich mit herrlichen Wurststückchen lockte. Nach einiger Zeit konnte ich dann nicht mehr widerstehen und war ihr nicht mehr böse. Sie hat mich auch nie mehr versohlt, nur mit der Zeitung gedroht, wenn ich etwas angestellt hatte.

An einem Samstagvormittag nahm mich Frauchen manchmal ins Büro mit. Sie hatte gut zu tun. Aber ich passte auch auf sie auf, denn da waren zwei große, böse Hunde im Hof. Es war eine ziemlich zwielichtige Gegend. Immer, wenn ich einen Laut hörte, fing ich an zu bellen. Das Einfahrtstor war geschlossen. Man konnte nur durch eine kleine Tür auf die Straße gelangen. Fertig mit der Arbeit, legte sie mir mein Halsband und die Leine an. Ich glaube, mehr zur Sicherheit. Wir verließen das Gebäude und schritten durch die Haustür in den Hof. Da stürzten die zwei großen, bissigen Hunde auf mich zu. Ich wedelte mit meinem Stummelschwänzchen, obwohl mein Herzchen fast bis zum Po rutschte. Frauchen drehte sich abrupt um und schrie die zwei in einer Lautstärke an, die ich bei ihr noch nie gehört hatte. Oh Wunder, sie blieben stehen. Sie packte mich unter ihren Arm und sperrte ganz schnell das Türchen auf. Draußen waren wir! „Noch mal Glück gehabt" dachte ich mir.

So vergingen einige Wochen und Monate. Irgendwann war Herrchen nicht mehr da und Frauchen war ganz traurig. Ich musste sie oft trösten und wenn sie am Weinen war, legte ich ihr meine Pfoten um den Hals und leckte ihr die Tränen von den Wangen. Sie musste manchmal sehr lange arbeiten. Oft war sie auch ein paar Tage weg. Da brachte sie mich immer zu einer Familie mit Kindern, die mich betreute. Schrecklich, diese Gören. Sie zogen mich am Schwanz, an den Ohren. und ich wurde nie gebürstet. Vollkommen verdreckt und vollgestopft mit Schokolade kam ich dann wieder nachhause zurück. Frauchen hatte danach beim Gassi Gehen ihre Last. Es dauerte Stunden, um die Schokolade wieder aus meinem Bauch zu bekommen. Immer musste sie mir auch meine Ohren putzen, was mir gar nicht gefiel, aber unbedingt notwendig war, weil sich da so winzige, juckende Tierchen hineingesetzt hatten.

Frauchen war traurig und überlegte wohl, dass das kein schönes Hundeleben für mich war. Eines Tages packte sie all meine Sachen in eine große Tasche und nahm mich auf den Arm. Eine große Limousine holte uns ab. Es war ein Samstagnachmittag und die Frankfurter Eintracht spielte. Die beiden Herrschaften auf den Vordersitzen fuhren uns in Richtung Stadion zum Flughafen. Leider kamen wir nicht vorwärts, da gerade das Spiel zu Ende war. Mein Frauchen wurde immer nervöser. „Ich muss den Flug kriegen. Am Montag muss ich für einige Tage dienstlich weg." hörte ich sie sagen. Was machte sie? Sie ließ mich zurück im Auto und stellte sich zwischen die Blechschlage, um ein eventuell vorbeikommendes Motorrad aufzuhalten. Es kam eines, ein amerikanischer, bulliger, schwarzer GI. Er konnte nicht vorbei und sie diskutierte mit ihm, kam ans Auto gerannt, packte die große Tasche, schwang sie ihm hinter den Lenker und nahm mich auf den Arm. So hockte ich eingeklemmt zwischen ihm und ihr. Sie saß wohl nur mehr auf dem Rücklicht, aber mich hielt sie ganz fest und ich gab keinen Mucks von mir. Die Umgebung hupte und die Leute pfiffen hinter uns her. Dieser dunkle, schwarze Mann mit Helm sauste einmal links, einmal rechts, in einem Affentempo an den Autos vorbei.

Am Flughafen angekommen, sprang sie mit mir vom Motorrad, packte ihre Tasche und rief dem Fahrer noch ein „Danke" zu. Am Schalter schien man sie zu kennen. Sie sprang über die Waage, lief ins Büro dahinter und kam mit einer leeren Tasche wieder. In diese steckte sie mich hinein. Ich war so verdattert, dass ich mich nicht mehr rührte. Inzwischen telefonierte ein sehr freundlicher Herr vom Schalter mit Jemand hinter den Türen. Anscheinend waren wir fast zu spät. Aber sowohl die Türen an der Passkontrolle, als auch die am Flugsteig, flogen auf und wir rasten ohne Kontrolle durch, zu einem Bus, in den mein Frauchen der Länge nach hinein flog und mich wieder einsammelte. Die herumstehenden Menschen lachten. Mir war gar nicht zum Lachen zumute. Was ging hier vor? Dann packte sie mich zärtlich mit der Tasche, und wir stiegen die Treppe zum Flugzeug empor. Frauchen fiel in den Sitz und setzte die Tasche mit mir zwischen ihre Füße. Ich lugte mit großen, ungläubigen Augen hervor und sie weinte. Inzwischen hob das Flugzeug ab und die Stewardess brachte uns fantastisches Hühnchen. Frauchen aß keinen Bissen. Sie verfütterte die besten Stückchen an mich Fresssack.

Irgendwann hatten wir wieder festen Boden unter uns und Frauchen wurde anscheinend von ihrem Bruder abgeholt. Sie holte mich aus der Tasche, und ich durfte im Auto auf ihrem Schoß sitzen. Dann kamen wir wieder in dem, mir schon bekannten Haus, wo ich das Fleisch geklaut hatte, an. Die alten Eltern von Frauchen begrüßten uns herzlich.

Frauchen war die nächsten Stunden ganz lieb zu mir. Am nächsten Tag drückte sie mich ganz fest und verabschiedete sich von mir mit Tränen in den Augen. Nun war ich allein mit diesen alten Leuten. Sie waren ja auch ganz reizend zu mir, aber auf die Dauer waren sie mir nicht gewachsen.

Opa-Herrchen fuhr manchmal mit dem Fahrrad neben mir her in das nächste Dorf, zu einem Bauernhof, um Milch zu holen. Das war ein Spaß. Ich sauste am Wegesrand entlang und freute mich auf die Hühner, die ich da jagen konnte. Ui je, wie war der alte Mann manchmal außer Atem, wenn er versuchte, mit mir mitzuhalten.

Nach ein paar Tagen setzte er mich mit all meinen Habseligkeiten ins Auto und fuhr zu einem wunderschönen Ort, ein Hundeparadies, nichts wie Bäume, Wiesen und ein prächtiger Garten mit Aussicht auf einen See und einen Berg, der aussah wie eine Kuchenform. Sollte das mein neues Zuhause sein? Ein ganz liebes Ehepaar kam und begrüßte mich. Ich schloss sie sofort in mein Herz. Das war ein Ort zum Wohlfühlen, keine lauten, stinkenden Ungeheuer in der Nähe. Ich konnte über die Wiesen fegen, den Hügel hoch rennen und viele liebe Artgenossen treffen. Das war eine Freude!

Meine neuen Hundeeltern waren immer für mich da. Ich war nie mehr in einer Küche eingesperrt, hatte immer Gesellschaft, oft von meinen Artgenossen, ansonsten von meinem neuen Frauchen. Man kümmerte sich ganz intensiv um mich wurde umhegt und gepflegt.

Eines Tages brachte mich meine Hundemami in eine sogenannte Hundeschule. Hatte ich da einen Spaß. Ich lernte ganz viele Dinge, wie, die Zeitung bringen, zur Begrüßung Männchen machen und mit meinen Pfötchen auf Fragen zu antworten. Außerdem wurde mein Gehör geschult. Zuhause hörte ich dann, wenn mein neues Herrchen mit seinem Auto von der Arbeit kam. Ich nahm seine Schlappen ins Maul und brachte sie ihm an die Tür. Könnt Ihr Euch vorstellen, wie erfreut er war?

Ich hatte so ein herrliches Leben und konnte mich kaum noch an mein erstes Jahr bei meinen Befreiern erinnern.

Mein altes Frauchen kam mich nach Jahren wieder einmal besuchen. Was wollte sie hier? Ich tat, als würde ich sie nicht erkennen und sie zog ein wenig traurig, aber auch glücklich, dass es mir so gut ging, wieder von dannen.

Anna-Luise Liebgott
März 2015

Über die Autorin

Anna-Luise Liebgott lebt in Neu-Isenburg bei Frankfurt.

Sie hat ein ziemlich bewegtes Leben hinter sich, kam von Österreich nach Deutschland, arbeitete 32 Jahre für eine Fluggesellschaft. Danach emigrierte sie nach Südafrika und gestaltete dort an der Gardenroute ein kleines, gehobenes Gästehaus. Nach drei Jahren wurde leider ihr zweiter Mann von einem Einbrecher ermordet. Sie kehrte zurück nach Deutschland.

Diese Jahre verarbeitete sie nach längerer Zeit in ihrem Buch „THE GARDENVILLA, Südafrika mon amour", das im Dezember 2014 bei tredition erschienen ist.

Durch eine längere Zahnarztbehandlung war sie ans Haus gebunden. Da ist bei ihr der Spaß am Schreiben erwacht. So lässt sie in diesem Büchlein ihre Katze und ihren Hund erzählen.

Bibliographie:

„THE GARDENVILLA"

erschienen im tredition Verlag Hamburg.

Erhältlich unter www.tredition.de/buchshop

oder in jeder Buchhandlung.

Paperback: ISBN 978-3-7323-0669-5
eBook: ISBN 978-3-7323-0671-8
Hardcover: ISBN 978-3-7323-0670-1

Ihr ehemaliges Anwesen, finden Sie unter:

gardenvilla.co.-za

Zeitfracht Medien GmbH
Ferdinand-Jühlke-Straße 7
99095 Erfurt, Deutschland
produktsicherheit@kolibri360.de